¿Por qué debo... lavarme las manos?

Jackie Gaff

Fotografías de Chris Fairclough

everest

Diseñador: Ian Winton
Ilustrador: Joanna Williams
Asesores: Pat Jackson, Professional Officer for School Nursing, The Community Practitioners' and
Health Visitors' Association.
Título original: *Why Must I Wash my Hands?*
Traducción: María Nevares Domínguez

First published by Evans Brothers Limited.
2A Portman Mansions, Chiltern Strret, London W1U 6NR.
United Kingdom
Copyright © Evans Brothers Limited 2005
This edition published under licence from Evans Brothers Limited.
All rights reserved.
© EDITORIAL EVEREST, S. A.
Carretera León-La Coruña, km 5 - LEÓN
ISBN: 978-84-241-7881-9
Depósito legal: LE. 729-2007
Printed in Spain - Impreso en España
EDITORIAL EVERGRÁFICAS, S. L.
Carretera León-La Coruña, km 5
LEÓN (España)
Atención al cliente: 902 123 400
www.everest.es

Agradecimientos:
La autora y el editor agradecen el permiso para reproducir fotografías a: Corbis: p. 8 derecha (Ron
Boardman/FLPA/Corbis), p. 25 abajo (Davis Thomas/Picture Arts/Corbis); Getty Images: p. 9 abajo
(Stone), p. 16 abajo (Stone); Science Photo Library: p. 8 izquierda (Sinclair Stamers/Spl), p. 20 arriba
(Wg/Spl); David Simson: p. 7 arriba.
Fotografías de Chris Fairclough.

También agradecer a las siguientes personas su participación en el libro:
Alice Baldwin-Hay, Heather, Charlotte y William Cooper, Ieuan Crowe, Caitlin and Rosabel
Hudson, y la plantilla y alumnos del colegio de primaria de Presteigne.

Contenidos

¿Por qué debo lavarme?

Te limpias las manos lavándolas con agua y jabón, pero ¿sabes por qué las manos sucias pueden ser malas?

Es malo que tengas las manos sucias, porque los gérmenes adoran la suciedad. Si tienes gérmenes en las manos, pueden introducirse en tu boca, ojos o nariz.

Tus manos pueden parecer limpias, y aun así estar cubiertas de gérmenes.

Para lavarte bien las manos mójalas con agua templada. Frótate el jabón en el dorso y la palma de la mano, entre los dedos y alrededor de las muñecas.

Una vez que los gérmenes están dentro de tu cuerpo pueden provocarte desde un resfriado hasta una diarrea.

Los gérmenes son tan pequeños que no les puedes ver. Por eso, es tan importante que te laves las manos.

CONSEJOS

- Los gérmenes odian el agua y el jabón.
- Lávate siempre las manos después de ir al baño.
- No te olvides de los pulgares.
- Lávate después de jugar en la calle.

Lávate antes de tocar la comida. ¡No querrás merendar gérmenes!

¿Cómo funciona el jabón?

El jabón está compuesto de unidades diminutas que se llaman moléculas. La suciedad atrae a las moléculas del jabón.

Las moléculas del jabón dividen la suciedad en partículas muy pequeñas. Después rodean cada partícula de suciedad.

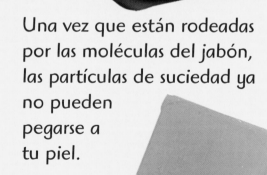

Una vez que están rodeadas por las moléculas del jabón, las partículas de suciedad ya no pueden pegarse a tu piel.

No siempre necesitas un baño o una ducha para mantenerte limpio: ¡sólo jabón y agua!

Jabón antiguo

El jabón se inventó hace 4 000 años. El primer jabón estaba hecho de ceniza de madera, aceite y arcilla. ¿Te gustaría lavarte las manos con aceite y ceniza?

Cuando te enjuagas las manos, el agua limpia se lleva las partículas de jabón y suciedad, junto con cualquier germen que se hubiera instalado en la suciedad.

¿Qué son los gérmenes?

Hay miles de gérmenes diferentes. Algunos son tan pequeños que cabrían millones de ellos en este punto.

Los gérmenes más pequeños se llaman **virus**. Causan diferentes enfermedades. Por ejemplo, los resfriados y la varicela están producidos por los virus.

Los gérmenes son pequeños organismos vivos que sólo se pueden ver con un microscopio.

Así es como se ve el virus de la gripe a través de un microscopio.

Las **bacterias** son otro grupo de gérmenes. Algunas te dan dolor de oídos, otras dolor de garganta.

También hay muchas bacterias que son buenas. Los científicos las usan para hacer medicinas.

Los gérmenes malos te enferman sólo si entran en tu cuerpo. Así que declárales la guerra: ¡lávate las manos!

CONSEJOS

- **Trata mal a los gérmenes: ¡sé limpio!**
- **No acerques los dedos sucios a los ojos, nariz y boca.**

Si te enfermas, puede que necesites ir al médico.

9

Gérmenes fuera

No te preocupes, tu cuerpo es estupendo luchando contra los gérmenes malos.

Tu piel impide a la mayor parte de los gérmenes entrar en tu cuerpo. Las lágrimas lavan los gérmenes de tus ojos, y los pelos de la nariz también los atrapan.

Pero, a veces, los gérmenes malos atraviesan todas las barreras de tu cuerpo. Entonces se multiplican, haciéndose muy numerosos.

Los gérmenes del resfriado salen volando cuando estornudas. Atrápalos en un pañuelo desechable para que no se extiendan. Después tíralo a la basura.

Los gérmenes pueden enfermarte. Pueden hacer que te gotee la nariz, o te salga un **sarpullido** o tengas **fiebre**. Afortunadamente, hay unas **células** especiales en tu sangre que luchan contra los gérmenes y los exterminan.

Recuerda que es fácil extender los gérmenes cuando estás enfermo. Párales en seco, ¡operación limpieza!

CONSEJOS

- **Suénate en un pañuelo.**
- **Tápate la boca con la mano cuando tosas.**
- **Lávate las manos después de visitar a un amigo enfermo.**

Lávate las manos después de visitar a un amigo enfermo.

Cortes y rasguños

Si te cortas o te raspas la piel, tu sangre corre al rescate.

Las **heridas** sangran para que las células guerreras especiales que hay en tu sangre puedan matar cualquier germen.

Los cortes o rasguños serios necesitan un vendaje para mantener fuera la suciedad y los gérmenes.

Otras células de la sangre se ponen a trabajar amontonándose y agrupándose para hacer una **costra** o postilla.

Ayuda a tu cuerpo. Pide siempre a un adulto que te limpie la herida y te ponga una tirita si la necesitas.

12

1. **2.** **3.** postilla

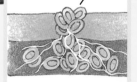

El trabajo de la costra es taponar el agujero de tu piel y mantener los gérmenes fuera. Cuando la piel nueva crezca, la postilla se caerá.

1. Si te cortas, los gérmenes pueden entrar en tu cuerpo. 2. Los glóbulos rojos de la sangre bloquean la herida. 3. Se forma una postilla o costra.

Si te quitas una postilla antes de que esté lista, te puedes abrir el corte de nuevo. Puede tardar más en sanar e incluso te puede quedar una **cicatriz**.

CONSEJOS

- **Lava las manos antes de tocar una herida.**

- **No toques las costras.**

- **¡Cuidado! Algunas personas son alérgicas a las tiritas.**

El olor

El jabón y el agua no sólo lavan la suciedad de tu piel. También se llevan el sudor que huele mal, el aceite y la piel muerta.

Sudar es la manera que tiene tu cuerpo para enfriarse. Al secarse el sudor en tu piel el cuerpo pierde calor, y hace que te sientas más fresco y cómodo.

El sudor sale de unos agujeros diminutos de la piel: los poros.

14

Cuando el sudor se seca en la ropa, ésta huele mal, ¡mantén limpio tu equipo!

El sudor no huele muy mal cuando es fresco. Pero si no te lavas el sudor, las bacterias empiezan a alimentarse de él y entonces el asunto empieza a oler mal.

No hay premios por adivinar cómo controlar el olor: con jabón y agua, ¡por supuesto!

CONSEJOS

- **Lávate bien: huele bien.**
- **Pon la ropa sucia a lavar.**

La hora del baño

Ahora ya sabes por qué tienes que mojarte del todo, ¡tus manos no son las únicas partes del cuerpo que se ensucian!

Darse un baño o ducharse es lo mejor para mantener tu cuerpo limpio y sano.

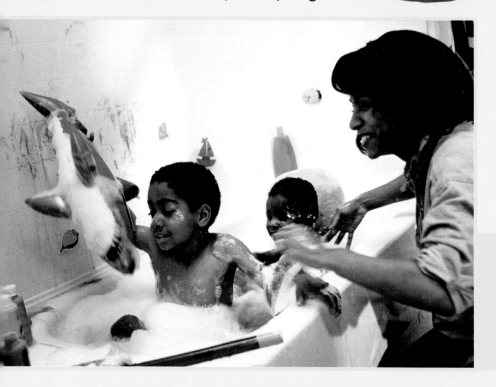

Empieza a lavarte por arriba, por tu cara, cuello y orejas. Luego avanza hacia abajo hasta llegar a los dedos de los pies.

Los juguetes y las burbujas aromáticas pueden convertir un baño en una fiesta.

Asegúrate de lavarte bien los lugares donde a la suciedad y a los gérmenes les gusta juntarse: debajo de los brazos y entre las piernas.

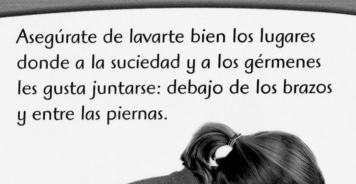

CONSEJOS

- **Intenta bañarte o ducharte cada día.**

- **Lávate y sécate cuidadosamente de la cabeza a los pies.**

- **_Dúchate después de nadar, porque el cloro de la piscina puede irritar tu piel._**

Sécate con una toalla limpia y suave.

¡Odio lavarme el pelo!

Sí, odias lavarte el pelo, pero ¡se ve, se siente y huele fabulosamente cuando acabas de lavarlo, aclararlo y peinarlo!

El pelo sucio tiene un aspecto apagado y graso. Hace que te pique la cabeza y te huela mal, porque las bacterias se están dando un festín con la suciedad, la grasa y la piel muerta.

Frótate suavemente con las puntas de los dedos el cuero cabelludo y el pelo. Acláralo hasta que el agua salga limpia.

Algunas personas tienen el pelo seco, otras lo tienen graso. Sea cual sea la clase de pelo que tengas, lávalo con el champú con cierta frecuencia. Así lo tendrás limpio y olerá bien.

Si no te peinas tendrás el pelo enredado y lleno de nudos. Intenta cepillártelo tanto como puedas.

El acondicionador ayuda a tu pelo a estar brillante y sin nudos. Distribúyelo por tu pelo con un peine de púas anchas.

CONSEJOS

- **Péinate el pelo todos los días al levantarte.**
- **Lávate el pelo con frecuencia.**
- **Elige un champú adecuado a tu tipo de pelo.**
- **Mantén limpios tus peines y cepillos.**

Los piojos

No es justo. Mantener el pelo limpio no impide a los parásitos instalarse a vivir en tu cabeza.

Los piojos no son quisquillosos. Les encanta todo tipo de pelo. Largo o corto, sucio o limpio.

Los piojos se alimentan chupándote la sangre, y ponen huevos en tu pelo. Los huevos de los piojos se llaman liendres.

Ésta es una foto ampliada. En realidad, los piojos no son más grandes que una cabeza de alfiler y las liendres son incluso más pequeñas.

No te preocupes, hay lociones especiales para matar a los piojos, y cepillos para deshacerte de las liendres.

Es difícil localizar los piojos y las liendres porque son muy pequeños. Sin embargo, sus mordiscos son irritantes, por eso tienes que estar alerta.

Impide que los piojos se extiendan: nunca prestes o cojas prestado sombreros, casquitos, cepillos o peines.

CONSEJOS

- Pide a un adulto que mire cada semana si tienes piojos.

- Péinate o cepíllate el pelo a menudo.

- ¡Tranquilo! Los piojos pueden ser eliminados.

Dedos y uñas

¿Cómo tienes las uñas? ¿Están limpias, o rotas y agrietadas? ¿Están las yemas de los dedos limpias, o sucias?

Tus uñas atrapan la suciedad. Intenta poner mucha atención cuando te laves las manos. Si están muy sucias usa un cepillo de uñas suave.

Las uñas agrietadas y rotas dejan pasar los gérmenes bajo la piel, al igual que los cortes y raspones.

Mantén las uñas bien cortadas.

- **Córtate las uñas después del baño, cuando están limpias y blandas.**

- **Si te duelen los pies díselo a un adulto.**

- **Cambia a menudo tus calcetines.**

Lava y sécate bien los pies, especialmente entre los dedos.

Los gérmenes invaden tu boca, así como tu piel, cuando te muerdes las uñas.

Los pies sudados además de oler mal, alimentan a los gérmenes que provocan el **pie de atleta**. Es una enfermedad que hace que la piel entre los dedos te pique, duela y se agriete.

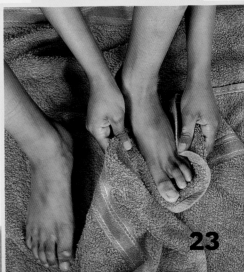

23

Seguridad en la cocina

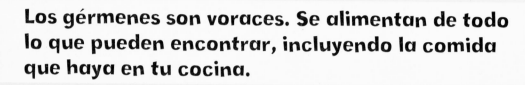

Los gérmenes son voraces. Se alimentan de todo lo que pueden encontrar, incluyendo la comida que haya en tu cocina.

Cuando los gérmenes trabajan, estropean los alimentos. Si comes alimentos en mal estado puedes enfermar.

Ahuyenta a los gérmenes manteniendo limpia la cocina. Lava los platos, pasa un trapo húmedo por las superficies, y lávate las manos siempre que vayas a tocar los alimentos.

Cocinar es divertido, pero pide ayuda a un adulto.

Asegúrate de lavar las verduras crudas y la fruta antes de comerlas.

Los gérmenes adoran los alimentos que obtenemos de los animales. Eso incluye cosas como leche, queso y huevos o pescado, pollo, ternera y otras carnes. Nunca comas huevos, pescado o carnes sin cocinar.

CONSEJOS

- **Lávate las manos antes de comer y de cocinar.**
- **Usa siempre agua templada y jabón.**
- **No comas algo con mal aspecto o que huela mal.**

El pescado y la carne han de cocinarse con mucho cuidado, para que estén cocidos del todo.

Las mascotas

Las mascotas pueden darte mucho cariño y horas de diversión, pero también pueden transmitir enfermedades.

Todos los animales pueden transmitir gérmenes o parásitos. Esto no quiere decir que no puedas amarlos. Sólo significa que tienes que tener cuidado cuando estés con ellos.

No beses a tu mascota, y no dejes que te lama. Asegúrate de lavarte las manos después de tocar a una mascota o a su comida.

Quiere a tus mascotas, pero no a sus gérmenes. Lávate las manos después de jugar con ellas.

Nunca toques los excrementos de los animales. Si los tocas por accidente, asegúrate de lavarte bien las manos con jabón y agua templada.

Si un animal te muerde o te araña tienes que contárselo siempre a un adulto.

CONSEJOS

- **Lávate las manos si tocas mascotas.**
- **No dejes que las mascotas te laman.**
- **Nunca toques sus excrementos.**

Lávate las manos cuidadosamente después de limpiar la casa de una masota.

Mantente limpio y sano

¡Ahora ya sabes por qué **todo** el mundo insiste en que te laves! Mantenerse limpio es la mejor manera de que tu cuerpo esté sano y feliz.

Tendrías que tener muy mala suerte para contraer una **enfermedad** seria; eso sí, todo el mundo se resfría.

Los gérmenes se extienden por el aire a través de las toses y los estornudos: un estornudo les puede lanzar a 10 metros.

Se extienden también a través de la piel. Una de las formas más rápidas de resfriarte es frotarte los ojos o la nariz cuando tienes gérmenes en las manos.

Los cuerpos sanos se divierten: no tienen que estar en la cama sintiéndose enfermos y mal.

El jabón y el agua son tus armas en la guerra contra los gérmenes que pueden enfermarte. También impiden que se extiendan los gérmenes que podrían hacer que los demás enfermen.

Así que, ¿cuándo fue la última vez que te lavaste las manos?

CONSEJOS

- **Procura no atrapar los gérmenes.**

- **Procura no pasarlos a los demás.**

- **Mantén todo tu cuerpo, no sólo las manos, limpio.**

Glosario

Bacteria

Las bacterias son organismos unicelulares diminutos.

Célula

Las células son los bloques que construyen el cuerpo, igual que los ladrillos construyen una casa. Cada parte de ti está construida de su propio tipo de célula.

Cicatriz

Una marca que a veces te queda en la piel después de que se cura una herida y se cae la costra.

Costra

Una postilla dura de sangre seca que se forma sobre una herida para protegerla mientras se cura.

Enfermedad

Alteración de tu cuerpo, cuando hay cambios en su funcionamiento normal que hacen que te sientas mal.

Fiebre

Una enfermedad que hace que la temperatura de tu cuerpo se eleve por encima de lo normal que es 37° C.

Germen

Un organismo vivo diminuto que causa enfermedades.

Herida

Cardenales, quemaduras, cortes y rasguños. Todos ellos son heridas.

Molécula

Las moléculas son las unidades básicas de la materia.

Multiplicarse

Aumentar la cantidad de algo, hacerse más numerosas.

Pie de atleta

Una enfermedad de la piel que hace que la piel entre los dedos y las plantas del pie te pique y se agriete.

Sarpullido

Un grupo de manchas pequeñas en la piel.

Sudor

El sudor es un líquido salado que produce tu piel para deshacerse de los desperdicios de tu cuerpo y para ayudarle a enfriarse. Al secarse sobre tu piel, el sudor hace que te sientas más fresco.

Varicela

Una enfermedad que causa fiebre y un sarpullido de manchas rojo oscuro que pican. Las manchas se transforman en ampollas, y luego en costras que finalmente se caen.

Virus

Un organismo vivo microscópico que causa enfermedades.

Otros recursos

Páginas web

www.hygiene-educ.com
Página del Instituto Pasteur que abarca todo lo relacionado con la higiene.

www.guiainfantil.com
Todos los aspectos de la salud infantil ordenados por temas.

www.educacioninfantil.com
Portal de educación infantil, con artículos sobre todo lo que afecta a la salud de los niños. Posibilidad de registrarse como usario y aportar experiencias propias.

www.kidshealth.org/kid/en_espanol/
Centrada en los niños y en todos los asuntos relacionados con su salud y bienestar físico. Incluye consejos sobre lavarse las manos, el cuidado de la piel y la higiene general.

Bibliografía

¿Es roja mi sangre?, Colección NUESTRO CUERPO, Anita Ganeri, Everest, 2004

Supersentidos, Colección NUESTRO CUERPO, Anita Ganeri, Everest, 2004

Mi primer libro del cuerpo humano, Anita Ganeri, Everest, 2005

Colección CUERPO Y MENTE, Janine Amos, Everest, 2003

Índice

Títulos de la colección